DOMITILLE
DE PRESSENSÉ

émilie
et la
grande tempête

illustrations de l'auteur

ÉDITIONS G.P.
8, rue Garancière - 75006 Paris

© 1983 - Éditions G.P., Paris

PRINTED IN FRANCE

ISBN 2-261-01147-4

il y a de gros nuages, tout là-bas, dans le ciel

et le vent souffle,

il fait voler les feuilles
des arbres,

de grosses gouttes de
pluie commencent
à tomber

le vent souffle
encore, encore
plus fort

il fait même
claquer les volets

il faut rentrer,
crie maman,
c'est la tempête!

maintenant,
il fait tout sombre.
c'est triste

papa
allume la lumière.
c'est plus gai

quelle grande
tempête !

on est bien dans
la maison ...

oh! il fait tout noir

il n'y a plus d'électricité...

c'est une panne.
maman allume
les bougies

maintenant,
c'est comme une
fête

et puis pendant
le dîner aussi...

après
on regarde encore
par la fenêtre...
ça craque partout

est-ce que la maison pourrait se casser ou s'envoler ?

mais non... elle
est très solide

tu crois... si on
jouait à se faire
peur ? mais
juste un peu...

alors,
on joue au loup

et puis
à cache_cache,

à l'ogre

et à la sorcière...

jusqu'à l'heure
de se coucher

comme on est bien,

tout au chaud dans
son lit, quand dehors
il y a de la tempête...

Cet album dont la sélection et les films ont été exécutés par la photogravure A.S.T.O. à Paris
a été imprimé sur les presses de Bernard Neyrolles - Imprimerie Lescaret à Paris

Dépôt légal n° 3744   Janvier 1983